문학과지성 시인선 296

# 번개를 치다

## 정병근 시집

문학과지성 시인선 296
번개를 치다

초판 1쇄 발행  2005년  3월 11일
초판 3쇄 발행  2014년 12월  1일

지 은 이  정병근
펴 낸 이  주일우
펴 낸 곳  ㈜문학과지성사

등록번호  제1993-000098호
주      소  121-894 서울 마포구 잔다리로7길 18(서교동 377-20)
전      화  02)338-7224
팩      스  02)323-4180(편집)  02)338-7221(영업)
전자우편  moonji@moonji.com
홈페이지  www.moonji.com

ⓒ 정병근, 2005. Printed in Seoul, Korea

ISBN 89-320-1586-4

문학과지성 시인선 296

# 번개를 치다

정병근

2005

시인의 말

오랜 동안 나는 내가 아닌 줄 알았다.
나 대신 누군가가 나를 사는 것이라 믿었다.
나는 나를 함부로 저질렀고 함부로 용서했다.
불혹이 넘어서야 그게 고스란히 내 죄임을 알겠다.
이 달콤한 빛의 감옥에서,
앞서 살다 간 뭇생명들처럼
나도 나의 刑期를 묵묵히 채워갈 것이다.
모르는 만큼 알고, 아는 만큼 모르는
죄 하나를 나는 가졌다.

어린 우리를 밥 먹여주신 어머니께,
그리고, 이제 그 어머니를 밥 먹여주시는
늙은 아버지께, 이 시집을 바칩니다.

2005년 3월
정병근

# 번개를 치다

차례

▨ 시인의 말

제1부  흔적

# 붉은 숲

여름 숲 속에 혼자 있으면
무섭다 땅이 꿈틀거리고
욕망의 촉수들이 뿜어내는
바람 한 점 없는 초록 비린내가
후각의 퇴로를 빽빽이 차단해온다
음모를 들킨 숲의 魔手에
나는 잡혔다
숲은 이미 내 얼굴을 알아버렸고
누가 나를 수소문해야 할 텐데
숲은 깔깔거리며
나의 온몸에 초록 피를 주사한다
쏟아지는 초록의 잠
거짓말이야,
하고 말해보지만
내 입은 이미 초록의 경전을 달달 외우고 있다
나는 초록의 密使가 되어 숲을 빠져나온다
여태 내 눈은, 붉음을 초록으로만 보는
지독한 색맹이었음을 알겠다
핏줄을 타고 한 몸 가득 번져오는
이 새빨간 초록

# 덩굴의 路線

어디든 뻗어가는
위험한 채찍이다

촉수마다 잔털을 빽빽이 돋우고
안 보이는 너의 낌새를 찾아
환한 어둠을 가로질러 간다

바람에 흔들리는 손끝들
끝내 도달하지 못한 물거품의 올가미가
허공의 목을 조른다

끝장을 봐야 한다

허공을 뚫는 초록 드릴,
돌돌 말린 저 나선 끝에
자폭의 블랙홀이 있다
너에게 이르는 특이점이 있다

# 코스모스

길가에 떨어진 단추를 주웠다
단춧구멍에 실을 꿰어 돌렸다

굽은 길, 바짓가랑이에
자꾸만 개밥풀이 달라붙었다

막대 사탕 하나씩 입에 문 얼굴들이
산들산들 흔들리고 있었다

자전거 바퀴에 햇살이 감겼다
까마득히 헬리콥터가 날아갔다

산모롱이를 돌아간 배다른 막내 이모는
그후 한 번도 오지 않았다

땅보다 하늘이 훨씬 많았다

# 할미꽃

땅볕 속으로 너를 데리고 갔다
너의 생식기에 넣었다 뺀
꽃잎을 코끝에 갓다댔다

매독처럼 머리카락이 뭉텅뭉텅 뽑혔다
뽑힌 머리카락을 뭉쳐 손바닥으로 비볐다
까만 씨앗들이 둥근 테두리 밖으로 밀려나왔다

하늘을 쳐다보지 마라
눈뜨지 마라 생각도 하지 마라

자주색 비로드 치마를 털며
너는 부끄럽게 웃었다

# 여뀌들*

다 필요 없어
제발 버려줘 잊어줘
우리끼리 잘도 자랄 테니깐,

눈 밖에서 더 잘 크는 놈들
모가지에 벌겋게 독 오른 놈들
목젖 가득 차오는 폐단을 주체할 수 없어
아무나 잡고 맞짱 뜨자는 놈들

모래밭에 떼거리로 서서
온몸을 긁고 있었다

무서워서 아들놈을 재촉하며 돌아오는데
야, 그냥 가냐. 그냥 가!
아스팔트 산책로에 들어설 때까지
등 뒤에서 감자를 먹었다

중랑천변 모래밭, 여뀌들

* 여뀌: 마디풀과의 한해살이 독초.

# 엉겅퀴

칡덩굴 불길이 산비알을 덮었다
고무대야 가득 땡볕을 이고 가는 어머니
십 리 길 내내 뻐꾸기가 울었다

노실고개에서 총 맞아 죽은 만이모
열여섯에 시집가서 어렵게 살은 얘기
끝에, 어머니는 콧물을 훔쳤다

찔레 덤불 속을 나오는 너의
목덜미에 검은 점이 유난히 커 보였다
매어둔 소가 느리게 울었다
포플러 숲에 하루종일 앉아 있었다

길이 보풀거리고 땀이 줄줄 흘렀다
숨막히는 정적이 뭉게구름을 피웠다
번개가 치고 천둥이 울고 소나기가 내렸다
무수한 빗자락들이 앞산으로 몰려갔다

비 그치면, 다시 뻐꾸기 울고
건드리지 마라

풀들은 더 사나워졌다

# 벌거숭이 플라타너스

무수한 잎으로 햇빛을 가렸던 이유
지릿한 오줌 냄새 풍겼던 이유
잎 다 떨어진 플라타너스 가지에
갈 데 없는 고아들이 대롱대롱 매달려 있다

머리에 피도 안 마른 저것들
후드득 떨어지지도 않고
공중으로 표표히 흩어질 때까지
초겨울 바람에 불알을 말리고 있다

어떤 결심으로 體毛를 싹 밀어버린
플라타너스
바람이 불 때마다 일제히
달랑달랑 흔들리는 불알들

옴마니반메훔 옴마니반메훔
빡빡머리 沙彌들이
羽化登仙의 독경을 외우고 있다

# 도토리 사냥

떡갈나무 숲이 쿵쿵 울린다
몽둥이찜질이 벌어지고 있다

주먹으로 때리는 누이의 등짝처럼
소리의 골이 깊고 멀다

다부진 몽둥이가 둥치를 팰 때마다
어이구 아야 어이구 아야
비명을 지르는 어머니
이빨을 후드득 뱉어낸다

웃통 벗은 군인들이 사람들을 모아놓고
일본도로 목을 칠 때도 그랬다지
살육의 현장 침묵하는 숲,

두 손 묶인 채
개 패듯이 맞는 떡갈나무 어머니

業

산길, 너럭바위 옆에
바짝 붙은 소나무 한 그루
좋은 경치 바위에게 다 내주고
사지가 뒤틀린 채 서 있다

바위에 오르려면
꼭 소나무 둥치를 밟아야 하는데
사람 발 닿을 때마다
다부지게 몸 받치는 소나무

수많은 발길에 팬 몸 자국
우묵한 잇몸을 내보이며
웃고 있는
소나무

# 흔적

육교 계단에 벌겋게 토해놓았다
출렁이던 고통이 割腹했다

코를 풀면서 치를 떨면서,
쏟아진 내장을 수습한 그가
어둠 속을 뚜벅뚜벅 걸어갔다

쥐도 새도 모르게 밤이 가고
한낮의 태양이 흑점을 키울 때,
들끓는 파리떼여
사방으로 튄 얼룩이여

먼지가 될 때까지,
밟히고 지워지면서
머리 처박은 주검 하나
오래오래 눈 안에 있다

# 비닐

겨울 房은 외풍이 셌다
창문은 끊임없이 부스럭댔고
이불 속까지 바람이 들락거렸다

봄이 되자
창틀에 낀 바람이 녹는지
어디서 젓갈 썩는 냄새가 났다

끊어질 듯 이어지는 냄새의 혐의,
햇볕에 녹아 흥건히 고이는 핏물
숨막히는 비린내 속에
피범벅이 된 머리통이 들어 있었다

숨길 수 없다
파묻고 파묻어도 끝끝내 드러나는
실패한 羽化,
번들거리는 비린내의 천성이여

# 폐도축장

그 안에서 무슨 일이 일어났는지
슬레이트 지붕 위를 지나가는 전깃줄과
머리털 빠진 향나무 세 그루만 보고는 모른다

마당 앞의 전신주와 전신주에 달린 보안등과
벽돌담에 머리 처박은 프로판 가스 통과
녹슨 쇠창살만 보고는 모른다

마당가의 비닐 뭉치는 무엇에 쓰였는지
불룩한 마대 자루들 속에는 무엇이 들어 있는지
추운 겨울바람은 모른다

슬레이트 지붕과 벽돌담만 보고는
핏발 선 눈과 눈이 딱 한 번 마주치던 찰나와
다부진 망치 소리와 나무 둥치 쓰러지는 소리와
부산하게 씻어내던 물소리를

핏빛 얼음장 밑을 흐르는
하수구는 모른다

# 집행

오골계 백숙을 시켜놓고
뒷마당으로 갔네
아주머니가 칼로
오골계 목을 따고 있네
목 잘 따지라고 나부대는 오골계
한 발로 밟고
기도도 최후 진술도 없이
목을 따네 잘린 머리를
식용유 통에 버리네
머리 없는 오골계
꿈인가 생시인가
거꾸로 처박혀 피를 빼네

# 유리의 技術

유리창에 몸 베인 햇빛이
피 한 방울 없이 소파에 앉아 있다
고통은 바람인가 소리인가
숨을 끊고도, 저리 오래 버티다니
창문을 열어 바람을 들이자
햇빛은 비로소 신음을 뱉으며 출렁인다
고통은 칼날이 지나간 다음에 찾아오는 법
회는 칼날의 맛이 아니던가
깨끗하게 베인 과일의 단면은 칼날의 기술이다
피 한 방울 흘리지 않고 풍경의 살을 떠내는
저 유리의 기술,
머리를 처박으며 붕붕거리는 파리에게
유리는 불가해한 장막일 터,
훤히 보이는 저곳에 갈 수 없다니!
이쪽과 저쪽, 소리와 적막 그 사이에
통증 없는 유리의 칼날이 지나간다
문을 열지 않고도 안으로 들이는 단칼의 기술,
바람과 소리가 없다면 고통도 없을 것이다

# 나팔꽃 씨

녹슨 쇠울타리에
말라 죽은 나팔꽃 줄기는
죽는 순간까지 필사적으로 기어간
나팔꽃의 길이다
줄기에 조롱조롱 달린 씨방을 손톱으로 누르자
깍지를 탈탈 털고
네 알씩 여섯 알씩 까만 씨들이 튀어나온다
손바닥 안의 팔만대장경,
무광택의 암흑 물질이
손금을 빨아들이고 있다
마음에 새기는 것은 얼마나 힘겨운 일이냐
살아서 기어오르라는,
단 하나의 말씀으로 빽빽한
환약 같은 나팔꽃 씨
입 속에 털어넣고 물을 마셨다
오늘 밤, 온몸에 나팔꽃 문신이 번져
나는 한 철 환할 것이다

# 욕조의 항해

버려진 욕조에 누가
상추를 심어놓았다
한쪽 턱주가리가 날아간 욕조는
푸른 상춧잎 돛을 펄럭이며
망망대해를 항해하는 중이다
한때는 滿潮의 몸으로 거만하게 출렁거렸을 욕조
물 빠진 뱃속에 흙을 가득 채우고
용도 변경의 변두리를 헤쳐가는 중이다
골판양철 울타리에 쇠창살로 문을 낸 텃밭
캐비닛 찬장 쌀통 개집 스티로폼 화분
얼빠진 선풍기 벙어리 스피커 얼굴이 지워진 TV
길 잃은 타이어 빗물 번진 聖畵 액자 옆에,
머리 처박고 회개하는 소파
진딧물이 까맣게 엉겨 붙은 변종 무궁화
눈동자가 돌아간 개복숭나무⋯⋯
골목을 돌아나온 파도가 이물을 한 번 치자
기우뚱거리던 욕조는 수많은 상춧잎 새끼들을 품고
물이랑의 가장 낮은 골짜기로
까마득히 내려가는 중이다

# 무서운 장난감

다리마다 신발 하나씩 달린
장난감 딱정벌레가 요란한 소리를 내며
사각형 합판 위를 뱅뱅 돌아다닌다
나무로 막아놓은 난간에 닿자마자
황급히 방향을 트는 딱정벌레
혼자서 분주하게 움직이는 딱정벌레

트럭에 깔려 죽은 남자의
오토바이 바퀴가 저 혼자 돌고 있었다
살인 현장의 벽시계가
정각을 알리는 종을 쳤다
컨베이어 벨트는 무언가를 부지런히 실어 날랐고
에스컬레이터는 늘 만원이었다

빈방을 혼자 쏘다니는 장난감 딱정벌레
장롱과 벽과 이불에 닿을 때마다
황급히 방향을 트는 딱정벌레
멈출 줄 모르는 딱정벌레

# 고독한 냉장고

너를 열고 냉장고를 꺼냈다
무위도식의 반찬들이
줄줄이 끌려나왔다

혼자서 밥을 먹었다
아무도 없는 방에 불이 켜지고
꺼졌다 찬 방바닥에 보일러가
가끔씩 누웠다 갔다

벤치에 앉아 햇볕을 쬤다
쓰레기통을 뒤져 담배를 피웠다
좀처럼 기억나지 않았다

늦은 밤, 아무도 없는 너를 열면
희미한 불빛 아래 한 사나이
뚝뚝 얼음밥을 먹고 있었다

# 번개를 치다

구름 점퍼 깊숙이 그녀의 가격을 넣고
지상의 접선 장소를 수소문했다
수많은 시간의 길을 갈아탄 끝에
백화점 정문 앞에서 푸르스름하게 깜박이고 있는
그녀의 文明을 만났다
얼마 만에 발 디뎌보는 未踏이던가
번개 여관으로 가는 잠깐 동안에도
불똥이 몇 번씩 등줄기를 훑었다
이윽고 모든 저항을 벗어던진 알몸이 되자
푸른 벼락이 그녀와 나의 몸을 뚫고 지나갔다
폭우가 그치고 구름 사이로 예각의 빛이 나왔을 때,
그녀가 물을 뚝뚝 흘리며 머리를 빗었다
방전된 그녀의 눈빛은 깨끗하고 아름다웠다
폐허처럼 집으로 돌아오는 길,
하늘 여기저기에서 무수한 섬광이 번쩍거렸다
수많은 문명이 태어나고 사라지는 순간들이었다
멀리 천둥 소리가 들려왔다
방문을 닫고 충전기에 배터리를 꽂았다
다시 깊은 잠에 빠질 참이었다

# 풀을 인 대문이 있는 집

파란 대문 위 시멘트 옥상에
풀 한 다발 자라고 있다
바랭이 쑥부쟁이 개망초 강아지풀……
多産의 깃발을 꽂고 흔들리는 풀들

그 집 문간방에는 겨드랑이에 검은 반점을 가진
늙은 여자가 살고 있다 파자마 바람으로
마당을 서성거리는 주인 남자도 있다
뼈아프게시리, 가난은 상처만 골라 파고들고

산들산들 흔들리는 대문 위의 풀들
집을 비우는 순간 마당으로 쏟아져 들어올 풀들
사흘에 한 번 들어오는 젊은 아들이
까닭 없는 殺意를 키우는 동안,

길보다 낮은 마당에 응달이 자꾸 차 올라
슬레이트로 덧댄 지붕 틈새로
파란 하늘이 목만 빠끔히 내놓고 있다

# 추억

머리맡에 비듬이 하얗게 떨어졌다
빛의 바깥에서
어두운 연장들이 녹슬어갔다
틈새마다 먼지가 빽빽이 쌓였다

죽은 쥐는 부지런히 썩어갔다
탱탱하게 부풀어오른 배,
입 속에 구더기들이 득실거렸다
육탈된 뼈들 사이로 모래가 쏟아졌다

골목길 담벼락 밑
좌골이 내려앉은 오토바이 하나
오랫동안 버려져 있었다
바닥에 고인 물이 천천히 말라갔다

수포로 돌아간 꿈들,
내던져져 박살난 사금파리들
버릴수록 더 단단하게 파묻혔다

비가 그치면 낯선 풀들이

불쑥불쑥 고개를 내밀었다

# 제2부  얼굴

# 지하철

그 짧은 순간에 갈피를 샅샅이 넘겨놓고
전철은 거대한 콧김을 뿜으며 다음 역으로 떠났다
사내는 쏟아진 페이지들을 황급히 주워 담으며
머리카락과 아랫도리에 엉겨 붙은 바람을 털어냈다
가래침을 뱉듯이 전철은 사내를 뱉어버렸다
이곳이 어디인가 사내는 잠시 어리둥절했다
화살표가 가리키는 계단을 오르면서 사내는
조금 전 전철 속의 젊은 여자를 생각했다
청바지 구멍으로 드러난 그녀의 맨살이 그리워졌다
사내는 챙이 긴 모자를 쓰고 껌을 씹고 싶었다
하마터면 미친 사람처럼 중얼거릴 뻔했다
어느 날 갑자기 고아가 된 사내 돌이킬 수 없는 사내
다 알아버려서 불행한 사내
어제보다 더 우둘투둘해진 사내
누군가를 설파하고 싶은 욕망을 숨긴 사내
날마다 쭈글쭈글한 노년의 얼굴을 떠올리는 사내
검은 서류 가방을 들고 목을 움츠린 채 걸어가는
사내의 머릿속에 정차 역을 알리는 안내 멘트가
밑도 끝도 없이 반복되고 있었다
이번 정차 역은 불혹, 불혹역입니다

내리실 문은 오른쪽입니다 디스 스탑 이즈……
저기 지상으로 올라가는 에스컬레이터가 보였다

# 露宿 1

그는 눈치 채지 않기 위해
사람들의 눈치를 살피지 않기로 했다
의자에 앉을 때는 의자 무늬로 몸을 바꾸었고
벽에 기댈 때는 벽이 되었다
홍건한 얼룩이 되어 바닥에 누웠다
아무도 그를 눈치 채지 못했다
그는 잊혀졌다 누에처럼
그의 몸은 점점 투명해졌다
얼마나 모르고 싶었던가
잊혀지고 싶었던가
아, 그는 얼마나 사람이 아니고 싶었던가
눈이 오고 꽃이 피고 다시 낙엽이 지는 동안
그는 골백번 의자가 되었다가
벽이 되었다가 바닥이 되었다
맑은 날은 빨래를 널어놓고
놀이터 담벼락의 벽화 속에 들어가 햇빛을 쬐는 그는
조금씩 흔들리면서 아무도 눈치 채지 못하게
몸 거두는 연습을 했다
바람 속으로 흔적 없이 사라지는
먼지 인간의 주문을 외우고 또 외웠다

# 그의 가족

차들이 가래침을 뱉으며 달리는 다리 밑,
속을 게워낸 소파와 신경통을 앓고 있는
의자들이 골똘하게 버려진 그곳에
그의 가족 자리 깔고 식사한다
밖으로 동그랗게 등을 모으고
무언가 저렇게 열심히 먹을 때,
그의 가족은 행복하거나 즐거워야 한다
부지런히 기어가는 다족류처럼
뿔뿔이 흩어지며 숨 가쁘게 살아온
그의 약력이 잠시 한숨을 돌리는 시간,
차 소리 때문에 잘 들리진 않지만
수탉처럼 큰소리로 떠드는 그의 얘기를
똘방똘방 과일을 깎는 그의 여자와
야생마처럼 버릇없는 그의 아이들은
행복이 가득한 얼굴로 들어야 한다
간혹 영역 밖을 힐끔거리며
경계를 늦추지 않는 그의 눈빛,
식사가 끝나고 할 말 없으면 심심하여라
그와 그의 가족은 일어서서 기지개를 켜다가
돌 몇 개 강물에 던져보다가

앉았던 자리를 탈탈 말아 쥐고 서둘러 돌아간다
썩은 강물과 차 소리를 뒤로하고
풍선처럼 부푼 그의 가족이 트림을 하며 집으로 간다

# 露宿 2
### ──그의 재림

패션이 문제다
모든 상표를 지워야 한다
몸에는 누더기를 두르고
신발은 아예 맨발이면 좋겠다

텔레비전도 휴대폰도 없이
지독한 몸 하나로
소돔의 거리를 어슬렁거리는 저 남자
凡夫의 디스플레이를 포기한,

잘 때는 이불도 덮지 말고
보일러도 켜지 말고
시린 등으로 밤을 건너야 한다

모든 상표가 지워질 때까지
몸 굴리며 닳아야 한다

# 그녀의 리어카

식은 고구마 화덕 컴컴하다
옥수수 삶는 양은솥 김 내뿜는다
스티로폼 생선 상자 얼음 녹은 물 홍건하다
이 빠진 도마 두툼한 잇몸 칼 물고 있다
생선 대가리 내장 담긴 고무대야
벌건 뱃속 파리들 붕붕거린다
박스 쪼가리 앉은뱅이 자리 깔고 앉아
새까만 손톱으로 머윗대 껍질 벗긴다
손가락마다 무수한 금 나 있다
둥근 차양모자에 수건 덮어 쓴
여자 얼굴 우물처럼 깊다
추운 겨울 밤, 천막으로 온몸 친친 싸맨
저 리어카를 본 적 있다
할머니 두엇 쪼그려 나물 다듬는 일 도운다
"이천 원어칠 달라구? 내 참……"
까 놓은 더덕을 비닐 봉다리에 담으면서
나 같은 아저씨쯤이야 슬쩍 깔아본다
아파트 울타리 넝쿨장미에 앉았던 바람
여자의 움푹 팬 얼굴 훑고 지나간다

# 목포홍탁, 그 여자

험상궂게 주름 팬 얼굴
어떤 남자의 누님이거나 어머니일 법한
그 여자 뚜벅뚜벅 썩은 홍어를 썬다
입가에 욕지거리를 다는 걸 보니
벌써 한잔 했다 한때
순천 벌교 카도집, 도둑 같은 남자 기다리며
시퍼런 칼 쓱쓱 갈아
쇠불알 썰던 그 여자
펄펄 김 피우던 그 여자,
긴급 출동 강북 카 서비스 옆
목포홍탁 불낙연포 바랜 선팅
세 평 공간까지 쫓겨온 사연, 술 권하지 마라
저 여자 우렁우렁 팔자타령 나오면
그까짓 중랑천변 이십 몇 층 아파트쯤
한걸음에 훌쩍 타넘고
인수봉 백운대 단숨에 올랐다가
죄 없는 홍어 옆구리 자꾸자꾸 베어 준다
그 집, 나올 때는 꼬부라진 혀로 시비를 걸든지
어떻게 돌아왔는지 도무지 생각나지 않아야 한다
시퍼런 칼을 들고 밤새 우는

목포홍탁, 늙은 그 여자

# 기발한 인생


명절도 아닌데 막히는 길 어찌 알고
차들 새를 비집고 다니며 뻥튀기나 오징어를 팔고 다
니는
저 남자의 인생을 나는 알고 있다
불과 5분 사이에 그는 나타났다
어디에서 왔다기보다 그냥 불쑥 출몰했다
그는 한때, 시덥잖은 마술로 사람들을 모아놓고
회충약을 팔았거나 살모사의 꼬리를 슬슬 당기며
정력제를 팔았거나 이상한 씨앗들을 수북하게 쌓아
놓고
물을 펄펄 끓였으며 관광버스에 올라와
당첨된 금시계를 나눠주다가
고속도로 휴게소에서 내게 불쑥,
밍크코트를 내밀지는 않았던가
맑은 날에는 장작불에 닭을 구웠고
비가 오면 어느새 그는 우산 장수가 되어 있었다
그는 어린 나의 호주머니를 후려내던 야바위꾼이었
으며
비장의 한 수를 유혹하던 박포장기였다가
최근엔 도청 장치 사기 도박으로 쇠고랑을 찬 적도 있다

그에게 나 같은 인생은 너무 따분하고 재미없을 것
이다
그는 요리조리 잘도 피하고 도망다니면서
언젠가는 보란 듯이 한밑천 잡고 말 것이다
비장의 무기를 닦고 조이고 기름치면서
사람이 있는 곳이라면
그는 언제든 출몰할 태세가 완비되어 있다

# 그 나사 아저씨

읍내 정류장 앞 그 나사, 먼지 자욱한 유리문을 열고
들어서면 반들반들 머릿기름 바르고 새까만 양복 바지
에 하얀 와이셔츠를 다려 입은 멋쟁이 하이칼라 아저씨
때 전 작업대에 경남모직 제일모직 옷감들을 턱 펼쳐놓
고 확신의 선을 좍좍 그으며 신사의 멋을 재단하던 그
나사 아저씨 인사성도 밝아 읍내에선 모르는 사람 없었
다 영화가 시작되기 전, 극장에까지 데뷔한 아저씨 "신
사의 멋, 양복이라면, 돼지국밥 사거리 맞은편, ○○ 라
사 라사 라사 라사……" 그 울림 아직도 귀에 쟁쟁하다
기성복이 나오면서 나사들은 하나 둘 없어졌지만 가끔
낯선 소읍에 가면 여전히 그 나사 생각난다 지금은 세탁
소를 하거나 동네 슈퍼 아저씨가 되어 밤마다 소주나 마
시며 실패한 전문가의 한을 곱씹고 있을 왕년의 그 아저
씨 "내가 이래봬도 양복쟁이여." 으뜸 건강원 배씨도 다
모아 문구점 최씨도 듣고 또 들어서 다 아는 레퍼토리를
처음부터 다시 읊고 있을 그 아저씨 모두들 집으로 가고
혼자 남은 그 아저씨

# 내 친구 박원택

그라면 말할 수 있다
불알 두 쪽 차고 서울 올라와
구두를 닦다가 자장면을 나르다가
쇠를 지지다가 전기 기술자가 된 사연,
안 해본 일 없는 그의 손을 보라
절삭기에 썩둑 잘린 오른손 인지 끝이 부끄러워
사람과 악수할 때마다 얼굴이 벌겋게 달아오른다
왼쪽 손등에는 전기 스파크에 데인 자국
팔뚝엔 담뱃불로 지진 흔적 선명하다
그는 대체로 잘리고 데이고 지지면서 살았다
운명의 불똥이 그의 몸을 몇 번씩이나 뚫고 지나갔다
견디다 못한 아내가 도망가자
그는 아이들을 복지원에 맡겨놓고
설비 회사 바닥에서 혼자 자고, 밥 먹는다
내 친구 박원택이라면 얼마든지 말할 수 있다
수줍게 웃으면서 술잔 비었다고 말할 수 있다
술 가져오라고 고래고래 소리칠 수 있다

# 그을림에 대하여

그는 어딘가 그을려 있다
불구덩이 속에서 반쯤 타다가 나왔다
사타구니에 우둘투둘한 화상을 숨기고 있다
입가에는 무언가를 구워 먹은 흔적이 있다

그의 아내와 아이들도 그을려 있다
그의 집은 그을음 투성이다
그는 벌겋게 불을 지피다가
집 한 채를 홀랑 태워먹은 적이 있다

방화의 혐의를 지울 수 없는 그의 얼굴
그가 앉았던 방바닥과 그가 기댔던 벽과
그가 누워서 쳐다보았던 천장까지
시커멓게 그을려 있다

그는 집 한 채를 버린 기억을 가지고 있다
그가 버리고 온 빈집엔 지금 잡초 무성하고
무너진 담장과 굴뚝과 기둥과 서까래가
햇볕에 한없이 그을리고 있다

그을린 곳마다 눈부시는거미줄
그을음을 툭툭 털면서
그가 오래된 구들장을 열고 나온다

# 튀밥 아저씨의 家系

부풀었던 시간이 다 빠져나가자
그의 몸은 짜부라들었다 주름살이 없었다면
그는 여기까지 오지 못했을 것이다
바늘로 찌르고 싶었던 팽팽한 시절의
기억을 일으킬수록 마음은 이상하게 편안하다

옥수수와 쌀과 동글동글 썬 떡을 부지런히 튀겨낸다
달아오른 튀밥 기계의 멱살을 잡고 꽁무니를 따는
순간,
억눌린 낱알들이 비명을 지르며 뛰쳐나온다
풍. 비. 박. 산, 사방으로 튀는 튀밥들
뿔뿔이 흩어지는 천애의 고아들

흩어진 튀밥을 비닐봉지에 담아 차곡차곡 쌓는다
하루 종일 튀겨내도 그의 재산은 너무 가볍다
발을 조금만 헛디뎌도 길바닥에 와르르 쏟아질 튀
밥들
위태로운 식구들이 비닐봉지 속에 담겨 있다
그는 불알 두 쪽만 달랑 남았다

# 무서운 여자

그녀는 표범 무늬 옷을 즐겨 입는다
눈가에는 검은 테두리를 두르고
낯선 향이 타는 카페 구석에 자주 앉아 있다
너무 희어서 푸른 가루분을 얼굴에 바르고
먼 자리에서 호시탐탐 나를 보고 있거나
로마 병사 같은 가죽 구두를 신고
거리를 걸어갈 때도 있다
치렁치렁 흔들리는 이상한 무늬의 장신구들
사내들은 눈을 피하며 비켜간다
문득, 아무도 없는 길에서 마주칠 때
그녀는 이미 나의 내력을 다 알고 있다
휙 지나가며 묻혀놓은 짙은 향수 냄새가
길을 걷는 내내 나를 경고한다
그녀는 나를 스치며 무서운 주문을 외운다
바늘로 콕콕 찔러줄까 간을 꺼내 씹어줄까
밤새도록 타오르며 내 목을 조른다

# 獅子吼를 듣다

술 냄새 폭폭 풍기는 붉은 얼굴 하나
어디서 불쑥 나타나더니
말〔言〕의 禁忌를 훌쩍 타 넘는다
개새끼들, 모조리 개새끼들이야!

졸던 아가씨 화들짝 놀라 고개를 빼다가
서둘러 외면하며 다시 눈감는다
그는 혼자서 중얼거리다가 별안간 拄杖子를 탕탕,
치며
준엄한 목소리로 누군가를 꾸짖는다

가만히 들어보면, 내게 하는 말인 것도 같은데
이 나라의 정치 이야기인 듯도 싶은데
오랜 默言修行 끝에 그가 드디어 말문을 연 것이다

아, 얼마나 말하고 싶었던가
당신들을 단숨에 설파하고 싶었던가

돌이킬 수 없는 파탄의 얼굴로
그가 거침없이 독설을 퍼붓는다

머뭇거리는 생각의 멱살을 잡고
사정없이 귀싸대기를 올려붙인다
개새끼들, 모조리 개새끼들이야 개새끼들······

눈감고 듣기나 해야지,
저 말씀을 거스를 사람 감히 없으니
나 오늘 비루먹은 한 마리 개새끼,
말의 폭포수를 맞으며 흥건히 젖어 돌아오는 전철 안

# 겁 없는 골목

빨리 살아버려야지

낡은 나무 문짝으로 굳게 닫아놓은 저 집의 내부는
한때 아이들 코 묻은 돈을 받아먹은 구멍가게였을 것
이다
슬레이트 지붕 담벼락 밑에 맨드라미 채송화들
제발 건드려달라고
지나가는 사람들을 빤히 쳐다본다

상추 고추 가지, 딱 한 포기씩 심은
화분들 옹기종기 나앉아 있는 길가
비닐 장판을 깐 마루에
늙은 아주머니 몇이 도란도란 소문을 만들고 있다
걷어붙인 치마 속, 살이야 보이든 말든

얼마나 답답했으면
한 평도 안 되는 우리에 갇힌 누렁개 한 마리
침을 질질 흘리며 죽여달라고 안달이다
개새끼들 내 인생 물어내라고,

쳐죽일 놈들이 한둘이어야 말이지

공고문——희망길 43, 동 44, 동 45, 동 46, 동 47, 동
48, 동 49 등 우 지상 건물은 대법원 환송 판결에 의해
김○○ 소유로 확정되었으므로 동 건물 거주자는 2002
년 7월 31일까지 조속히 이주해주시기 바랍니다 영어
일어 확 뚫어드립니다 중앙대 생명공학과 1:1 과외 건축
일용직 모집 눈물의 고별전 엘지 코오롱 정장 30,000원
아디다스 캐주얼 무조건 20,000원

속이 컴컴한 연립식 다가구 주택
붉은 벽돌 담벼락에 붙어 있는
건축법 시행령 제 이십 몇 조 몇 항쯤이야
눈물의 고별전쯤이야

빨리 살아버려야지,
겁이 다 빠져 달아난 백발 노파 하나
동글뱅이 의자에 앉아
오후의 더딘 햇살을 말짱하게 지켜보고 있다

# 그 안마방

　지하 계단을 내려가 문을 열고 들어서면 어둠이 깊은 우물처럼 출렁이고 거기 한 늙은 여자가 앉아 있습니다 그녀는 잽싸게 빨래 집게로 커튼의 멱살을 잡아맵니다 무거운 옷을 벗고 전화기와 지갑과 열쇠 꾸러미를 꺼내 머리맡에 두고 누우면 그녀의 일이 시작됩니다 세숫대야에 물을 받아 발부터 씻기지요 조물락대는 손길이 그지없이 기분 좋아 일찌감치 잠이 옵니다 다리와 팔과 등으로 옮겨 다니며 구김살을 좍좍 펴주는 그 손아귀의 힘은 얼마나 나른하고 아린 슬픔 같은 것인지요 웬 낯선 몸 하나가 내 몸을 주무릅니다

　어디에서 어떻게 살다가 이 깊은 우물 속까지 오게 되었는지 알 수는 없지만 오늘의 만남이 마치 전생의 약속만 같아 자꾸 고개를 돌려 그녀의 얼굴을 쳐다봅니다 하지만 그녀의 얼굴은 잘 보이지 않습니다 어둠 속에서 그녀는 이 세상에 살아 죄 많은 한 몸을 주무릅니다 오랜 세월 기다렸던 한 몸이 한 몸을 만난 거지요 어쩌면 나는 오래 전에 그녀를 떠났고 숱한 세월을 돌아 이제야 돌아온 것입니다 때늦은 약속을 지키러 말입니다 천 년 만의 해후! 아, 이런 걸 사랑이라 말하면 어떻겠습니까

그녀가 영비천 하나를 따서 쓱 내밉니다 천연두 앓은 곰보처럼 얼굴을 숙입니다 나도 그녀의 얼굴을 외면합니다 종소리 나는 문을 열고 우물 속을 나옵니다 다시 환한 세상이 눈앞에 펼쳐집니다 계단 처마 밑에서 한참을 서 있다가 쌩쌩 달리는 차들의 물살 속으로 재빠르게 들어갑니다

# 平床

고가 도로 밑, 평상에 아저씨들 몇이 앉아 있다
삼화표구, 전주식당, 영진오토바이 주인들이다
인생을 거의 다 살아버려서 더 이상 파먹을 희망 없는
표정으로
지나가는 나를 물끄러미 쳐다본다
사람을 다 알아버린 늙은 개의 눈빛처럼 치명적인 권
태가 묻어 있다

무슨 얘기 끝에 대화가 뚝 끊겼는지,
평상에 앉은 네 사람의 방향이 제각각인 채 침묵의 무
릎을 세우고 있다
저 장면을 사진 찍거나 그림 그려서 '권태' '오후' 같
은 제목을 붙이면 제격일 텐데
아저씨들 저녁이 오면 슬슬 일어나서 고기를 굽거나
화투장을 만질 것이다

길가 화분들 꽃을 피우고 덩굴을 올리는 동안,
담 너머 미쳐버린 대추나무가 머리를 쥐어뜯고 있다
저 집의 어두운 방에는
필경 뇌성마비 아들과 노망든 노모가 똥을 싸붙이고

58

있을 것이다

　힘센 아내는 계모처럼 지겨운 잔소리를 늘어놓고……

　늙은 저 아저씨들, 해가 저물 때까지 평상에 앉아 있
을 참이다

# 그의 얼굴

머리카락을 뭉쳐놓았나 악몽처럼 눌린
저 철근 더미의 실마리는 언제 푸나
마당에는 전기선들을 태운 구리 더미와
텔레비전 오디오 컴퓨터 껍데기들이
여기저기 나뒹굴어져 있다
목 잘린 기차 레일도 몇 개 보인다
그가 잠시 자리를 비운 한낮의 고물상,
문패도 번지수도 없는 양철 울타리
열린 문 안으로 주인 없는 라디오 소리 낭자하다
미친 발명가의 집처럼
물고 자르고 비틀고 때리고 조이는 연장들이
작업장 벽에 훈장처럼 주렁주렁 걸려 있다
안 보이는 누가 그를 움직이는가
무엇이 그를 소모하게 하는가
지금쯤 콩나물을 후드득 흘리면서
어디에서 밥을 먹고 있을 그의 얼굴
누렇게 바랜 한 장의 사진 속에
찡그린 그가, 웃고 있다

# 명상 센터를 나오며

다들 알아서 내니까 괜찮다고 손사래 끝에 형님은 사과와 귤이 든 비닐봉지를 받았다 여긴 다 좋은 분들이라 의지하고 있다 형님이 진지한 눈빛으로 '스승님'이라고 소개한 사진 속의 남자는 산타 할아버지처럼 털이 부숭부숭한 인도 남자였다 돌림병처럼 떠돌아다니던 인도가 마침내 형님에게까지 찾아온 것이다 소문대로 인도는 정말 넓고 깊었다 저 눈 깊은 스승이 형님에게 올 때까지 형님은 그 많은 세월을 기다렸다는 말인가 필요는 발명의 어머니, 아 말문을 닫고 누워 계시는 어머니, 다들 알아서 조금씩 낸다고 하지만 명상은, 명상은 아무리 생각해도 밥을 둘러싼 비밀 결사만 같아서 은밀하게 목소리를 낮춰야 했다 제법 긴 시간 동안 여기까지 흘러온 한 사내의 이력을 다 읽고 나자 형님은 일어섰다 선식가루 그거 꼭 어머니한테 전해드리고 잘 내려갔다 오너라…… 골목을 나오는 동안 가부좌를 튼 채 다시 명상에 잠긴 형님의 모습이 떠나지 않았다 긴 생각의 터널을 빠져나와 세속의 길로 막 접어드는 참이었다

# 넝마

때 전 이불을 덮고 한없이
잠들고 싶은 방 하나 있네
행방이 묘연한 不治의 외출이여
또다른 식구들이 기다리는 집 한 채 있네

불을 쬐며 새벽을 맞았던가
김을 피우며 국밥을 먹었던가
수도꼭지에 입을 대고 찬물을 들이켜도
갈증은 좀처럼 꺼지지 않았네

몸에서 풀들이 자랐네
허기의 굴렁쇠를 굴리며
한낮의 거리를 배회하였네
무언가가 담긴 비닐봉지를 달랑달랑 들고

봄날, 벤치 위에 몸 구부렸네
창궐하는 꽃이여 기억상실이여
물증 없는 오리무중의 날들이 흘러갔네

어두운 방, 얼룩이 번진 벽에

다 해진 바지 하나 걸려 있네

# 나는, 그가

나는, 그가 어느 날 사망했다고 말해진다
생활고를 비관한 나머지 약을 먹었거나
아파트에서 몸을 던졌다고 말해진다
홧김에 불을 질러 몰사했는가 하면
넥타이로 목을 맸다고 말해진다
나는, 그가 미성년자와 은밀한 거래를 하다가
덜미를 잡혔다고 종종 몇 푼의 돈을 횡령했다고
말해진다 쯧쯧 혀를 차며 그의 불행을 문상하거나
면회하는 남이 되기에 손색이 없는 나는,
하필이면 그날 15층 베란다에서 떨어진 화분에
지나가던 그가 머리를 맞고 즉사했을 때
참 재수 옴 붙은 인생이라고 웃어진다
퇴근 길 플랫폼에 서 있던 그가 갑자기
달려오던 전동차에 몸을 던졌던 것은 가령
나는, 그가 자살했을 것으로 추측되어진다
도저한 남루로 거리를 싸돌아다니며
끊임없이 종말을 외쳐대는 그를
나는, 그가 필경은 정신이상자라고 수군대진다

제3부  나무

# 나무

나무는 사람이 아니다

귀가 없고 눈이 없는
나무는 들을 수도 볼 수도 없을 뿐더러
캄캄한 펌프질로 길어올리는
손도 팔도 다리도 없는

나무는 서서 생각하고
서서 잠자는 그늘인가 했다

때로 햇살을 흔드는 손짓 같기도 하고
내심을 감추고 서서 속으로 되새기는
웬 더딘 말씀인가 했다

# 달과 노인

저 달은 오래되었다
천동설의 이념과 늑대의 상징을
여전히 버리지 못한 달
만인에게 들통난 달
식구들은 뿔뿔이 흩어지고
그의 집에는 아무도 오지 않는다
舍廊을 들락거리던 사내들
코빼기도 보이지 않고
여자들은 더 이상 술상을 나르지 않는다
세간들마다 거미줄이 자욱한 달
인생을 홀딱 말아먹은 달이
마루에 나와 막걸리를 마신다
굽은 등으로 혼자 밥해 먹는다

# 빗속의 젓갈

석모도 보문사 입구에 비 내린다
젓갈 담긴 고무 독들 비 맞는다
비닐을 덧댄 파라솔 밑에
할머니 우비 쓰고 앉아 있다

플라스틱 그릇에 담긴 젓갈들
비에 젖어 비린내를 게워낸다
더 깊이 곪으라고
할머니 밴댕이 젓갈을 뒤적인다
고여 있던 핏물이 젓갈 속으로 스민다

비가 와서 바다도 안 보이는데
옆집들 모두 단도리하고 없는데
우비 쓴 할머니 혼자 쪼그리고 앉아
찔꺽한 눈으로 나를 쳐다본다

할머니 눈 속에 젓갈 한 술 들어 있다

# 골목의 캐비닛

화분들 옆 동양강철 캐비닛 씨
낡은 외투가 닳아지고 있네
내부로 가는 암호를 잊어버린 캐비닛 씨
철사 줄에 두 손 묶인 채
얻어맞아 녹슬고 있네
비닐봉지 몇 개
박스 몇 장 품속에 넣었을 뿐인데
담벼락에 서서 오래오래 벌을 서네
화분에 심어진 고추와 상추를 곁눈질하며
다만 허기를 달래는 캐비닛 씨
흰자위 많은 눈을 깜박이며
對外秘의 기억을 더듬는 캐비닛 씨
아랫도리에 녹물이 벌겋게 스며들도록
비바람 맞으며 서 있네
집도 절도 없이
햇빛을 다 견디고 있네

# 달밤

쇠 뼈다귀 곤 뿌연 물을
치마폭 슬쩍,
늦은 밤 창문을 통해 들고 서서

세 번 곤 물이다
세 번 곤 물이다

어머니나 드실 일이지
부은 목소리로 툭 쏘아주고

죄지은 사람처럼
어머니는 후다닥 가버리고

나는 무슨 까닭인지 잠 안 오고

달빛이 국물만큼이나
뿌옇게 깊은 밤

# 어머니를 버리다

풍(風) 맞은 어머니가 밥을 드신다
안간힘으로, 왼쪽으로 오므려 씹는 만큼
오른쪽으로 밥알이 몰린다
오그랑오그랑 로봇처럼 밥을 씹는다
넘어가는 밥보다 흘리는 밥이 더 많다
두꺼비 파리 잡아먹는다

살아서 밥밖에 할 줄 모른 어머니
줄 거라고는 밥밖에 없던 어머니
다시는 밥 할 일 없다
밥 한 채 다 날리고 심심한 어머니
하루종일 누워 있는 어머니
남자들에게 슬슬 버려지는 어머니

# 깊고 푸른 기억

똥 냄새 자욱한 돼지국밥집
癌 덩어리 한 짐 짊어진 등 굽은 아주머니가
돼지 머리를 썬다

털 박힌 살점들이 국물 속을 둥둥 떠다닌다
바닥으로 벽으로 하염없이 번지는 얼룩
나는 내가 누구인지 모른다

이 흥건한 고깃덩이의 前生을
하염없이 졸던 아주머니의 머리가
강 저쪽까지 깜박, 넘어갔다 돌아온다

국밥집을 나오면 어디로 가나
낙원상가 밑, 깊고 푸른
돼지국밥집 불빛 새벽이 와도 꺼지지 않고
행려병자처럼 나는 도무지 기억이 안 난다

# 꽃

하필이면 이 순간이겠는가

꽃을 곰곰이 보고 있으면
대체로 나팔 같은 생김새며
무한의 한 점에서 시작하여
한 방향으로만 나아오는
보이지 않는 힘 같은 것이며,

시공의 인플레이션이랄지
소용돌이랄지, 事象의 지평선을 넘어
시간이 걸어온 비밀스런 통로가
꽃에는 고스란히 담겨 있다

꽃은, 지금 두 손을 모으고
누군가를 부르고 있다

# 핸드폰

너에게 만져지고 싶다

흠뻑 손때 묻으면서
온종일 너의 냄새에 젖어
너의 손아귀에서 익사하고 싶다

너의 머리카락에 귀에 입에
소나기를 퍼붓고 싶다
하루종일 꽃잎을 열어놓고 싶다

# 눈

한 생각을 버릴 때
한 소식 온다
누가 공중부양의 기적을 행하는지
가르마를 사뿐사뿐 밟고
맨발의 밥이 내린다
집집마다 고봉밥 한 상씩 차려지고
두런두런 祭文 읽는 소리
수저 부딪는 소리
숭늉 마시고 방문을 연다
세상 모든 눈썹 위에 쌓이는 눈
흰 가지를 털고 후드득 떨어지는 눈
반찬 없는 흰 쌀밥이
너무 많이 오신다

# 고속도로 옆, 그 느티나무

무수한 차들이 지나갔다

억만 개의 눈[目]들이 스치는 동안
수많은 사람들이 죽고 태어나는 동안
딴 세상에 이르는 통로처럼
한 자리에만 서 있었다

가물가물한 기억의 소실점,
결행의 상행선에서 마주치던
나의 유일한 목격자,
취조실의 사나운 꿈속에 그가 서 있었다
다 말하라고 괜찮다고 그가 손을 흔들었다

차가 지날 때마다 코트 깃을 열고
우수수 검은 새떼들을 날려보냈다
헤아릴 수 없는 가지들이 흔들렸다

잉잉거리며 차들이 지나갔다

# 오동나무, 생을 다하다

토막 살인 영화에 나오는
발동기를 단 톱이
오동나무의 밑둥치를 파고든다
이쪽 나이테에서 몸의 중심을 지나
반대편 나이테에 이르자
소처럼 한 번 울고 오동나무는 무너졌다

톱날이 뱉어낸 오동나무의 살과 피가
사방으로 튀며 화면을 흥건히 적시는 동안
아직 자신의 訃告를 받지 못한 가지들은
쓰러진 후에도 여전히 넓고 푸른 이파리와
보랏빛 꽃들을 달고 있다

오동나무 더딘 죽음의 파문이
가지 끝에 다다르기까지는
몇 백 년 아니
몇 천 년이 걸릴지 모른다

몇 토막으로 잘린 오동나무의 몸은
누군가의 방에서 오랫동안 썩기 위해

트럭에 실려 어디론가 떠났다

너무 더딘 삶이었으므로,
오동나무
지금부터 죽으러 간다

# 저 단풍나무

바람은 나무의 핑계다
나무는 바람을 핑계로 흔들리는 척하면서 슬쩍,
가지를 구부려 사람의 어깨를 치거나
얼굴을 쓱 쓰다듬어보고는
바람 때문에 어쩔 수 없었다는 듯 제자리로 간다

아직 푸른 잎이 더 많은 저 단풍나무는
유서 깊은 상징의 책갈피를 뒤적이다가
바람이 잠시 멎자, 책을 멀리 던지며 기지개를 켠다
술잔 속에 단풍잎 하나가 떨어진다
술이 먹고 싶다

다시 바람을 핑계로 나의 어깨에까지 내려온
단풍나무는 소처럼 큰 눈으로 다 듣고 있다가
소주 한 병과 닭도리탕 한 냄비를 슬슬 비우고
바람이 멎자 얼른 제자리로 돌아간다

저 단풍나무,
사람의 말을 엿들은 핑계로 바람을 핑계로
흔들리는 가장자리부터 붉게 물들기 시작한다

# 목련

빠스만 주렁주렁 널어놓고
흔적도 없네

담 너머 다 보인다
지나가는 사람들 다 본다
한 접도 넘고 두 접도 넘겠네

빨랫거리 내놓아라 할 땐
문 쳐닫고 코빼기도 안 보이더니
겨우내 빠스만 사 모았나

저 미친 년, 白晝에
낮이 환해 어쩔거나
오살 맞을 년

# 석류

석유를 석류로 읽던 친구가 있었지
'석유' 하고 선생이 때려도 '석류' 하던 친구
유난히 붉은 잇몸을 감추고 있었지
입 안 가득 핏물을 머금은 채 묵묵히 귀쌈을 맞던
친구, 어느 날 사망 부음이 인터넷을 떠돌 때
나는 그의 두터운 잇몸이 생각났지
늦가을 파란 대문 너머 익어가는 석류는
그의 죽음처럼 낯설어 '석류' '석유'
하고 몇 번이나 되뇌어보았지
또 세월이 지나,
전쟁이 휩쓸고 간 사막의 어느 골목에서
석류 파는 여인을 보고 번개처럼 알았지
불타는 유전의 검은 연기를 배경으로
잇몸을 보이며 웃고 있는 여인
핏물이 굳어지면 저렇듯 두터운 잇몸이 된다는 것을
석류는 잇몸이 빛나는 과일임을
그리고, 석류는 석유와 가까운 과일임을

# 빙하기의 추억

털이 부숭부숭한 사내들과 고기를 구워 먹고
직립 보행하여 집으로 왔다
동굴 속은 어두웠다
재를 툭툭 털며
사위어가는 불씨의 문을 열고
아내가 기어나왔다
조 피 수수 기장을 담은
빗살무늬 토기가 바닥에 떨어졌다
박살 난 빗살무늬 사이로
곡식들이 쏟아졌다
곡식을 퍼 담으며 아내가 울었다
잠 깬 아이들이 함께 울었다
밥상 밑으로 식은 국물이 뚝뚝 떨어졌다
갈다 만 돌을 꺼내 갈고 또 갈았다
단번에 몸 베는 칼 한 자루 차고
一生一代의 길을 떠나고 싶었다

# 침묵의 裏面

할 말이 떠오르지 않을 땐, 술잔을 부딪쳤다
화장실을 들락거리며 거울을 보았다
엘리베이터 안에서 자주 머리를 만졌다

잠 밖에서 서리가 하얗게 내렸다
기침을 할 때마다 열매들이 툭툭 떨어졌다
무덤 속 시체는 어디쯤 썩고 있을까

귀 막은 문 앞에 소문이 들끓었다
목구멍을 올라오지 못한 말들이
뼈마디마다 아프게 박혔다

몸속에서 자갈 구르는 소리가 났다
빼낸 돌을 보여주며 의사는
일종의 舍利라고 웃었다

# 어둠行

캄캄한 길을 걷습니다
불빛 없는 길을 언제 걸어보았던가요
눈먼 어둠이 내 눈을 밝힙니다
어두울수록 더 깊이 빛나는 눈의 심지,
입보다 귀가 먼저 두런거리고
발이 길의 냄새를 맡습니다
달은 저만큼 앞서 나를 부릅니다
별들 더욱 가깝게 옷 벗습니다
한 사발 어둠을 떠서 들이켭니다
숨어 있던 속엣것들이 튀어나와 술렁거립니다
내가 이토록 나인 때가 언제였던가요
밤길을 걸으면서 이제 다 알았습니다
빛이 나를 지웠고
어둠이 내 몸을 돋웠습니다
날것들로 테두리가 꽉 차옵니다
생피 냄새 어둠 속에 가득합니다

# 뒤안을 나오며

버둥거리는 염소의 입에 소금을 먹이고
목을 따자,
몇 번 몸을 떨던 염소는 곧 조용해진다
노파가 양은 솥을 대고 피를 받아낸다
염소의 뜬 눈이 광속으로 허공을 가른다
영감이 버너 불로 염소를 그슬린다
불똥 속에 드러나는 염소의 얼굴
어금니를 꽉 다문 저 무표정이 무섭다
털을 다 그슬린 영감이 담배를 피워 문다
담배를 빠는 볼이 대추 꼭지처럼 쪼글쪼글하다
염소보다 영감의 팔자가 훨씬 더 세서
염소는 죽어서도 영감을 저주하지 못할 것이다
평생을 기억하며 사는 인간만이 불행할 뿐,
기억이 짧은 염소는 그 짧은 기억의 힘으로
죽었으면 죽었지 미련 하나 남기지 않는다
오후의 설핏한 해가 힘센 허기를 몰고 온다
허기는 얼마나 골똘한 망각인가
뒤안을 나오는데, 우리 속의 염소들이
누구시냐는 듯 멀뚱멀뚱 쳐다본다

# 머나먼 옛집

땡볕 속을 천 리쯤 걸어가면
돋보기 초점 같은 마당이 나오고
그 마당을 백 년쯤 걸어가야 당도하는 집
붉은 부적이 문설주에 붙어 있는 집
남자들이 우물가에서 낫을 벼리고
여자들이 불을 때고 밥을 짓는 동안
살구나무 밑 평상엔 햇빛의 송사리떼
뒷간 똥통 속으로 감꽃이 툭툭 떨어졌다
바지랑대 높이 흰 빨래들 펄럭이고
담 밑에 채송화 맨드라미 함부로 자라
골목길 들어서면 쉽사리 허기가 찾아오는 집
젊은 삼촌들이 병풍처럼 둘러앉아 식사하는 집
지금부터 가면 백 년도 더 걸리는 집
내 걸음으로는 다시 못 가는,
갈 수 없는, 가고 싶은

# 붉은 부적, 땡볕, 유리의 연금술

김춘식

바람은 그저 스쳐 지나갈 뿐, 그 뒤에 남은 흔적은 까마득한 그리움 혹은 거리감뿐이다. 멀리 떨어져 있다는 것이 남긴 여운은 그래서 언제나 견딜 수 없는 고립감이 아닐까.

정병근 시인의 이번 시집은 거리로 환산된, 흔적이 없는 애처로움과 연민의 정서가 그 근원에 자리 잡고 있다. "땡볕 속을 천 리쯤 걸어가면/돋보기 초점 같은 마당이 나오고/그 마당을 백 년쯤 걸어가야 당도하는 집"(「머나먼 옛집」)이라는 구절이 암시하듯이, 삶은 '땡볕'이고 그 근원에는 하나의 지점에 초점이 모아진 기억이 존재한다. 그 기억의 원점을 뭐라고 설명하든, 그 까마득한 거리감과 단절감은 '땡볕'으로 표현된 '존재의 고통'을 원죄로 안고 있는 '숙명'의 다른 말이다. 기억 속의 옛집은 언제나 그 자리에 있지만 시간은 언제나 미래를 향해 숨 가쁘게 달려 왔고, 기억은 그런 시간의 가속도를 거스르며 언제나 힘겹게 고개를 뒤로 꺾고 있다.

시간과 기억의 이런 엇갈림 혹은 마주봄은 얼마나 기이한 일인가. 기억의 원점, 먼 과거에서 바라본 현재와 까마득한 거리를 거슬러 올라가는 기억의 힘겨운 역류는 그래서 언제나 부자연스럽고 조화되지 않은 불균형을 보여준다. '천 리'와 '백 년'의 거리로 떨어져서 마주보고 있는 '어떤 것' 그리고 그것에 대한 느낌이 정병근 시인의 이번 시집에서 각별히 중요한 것도 이런 까닭 때문이다.

> 붉은 부적이 문설주에 붙어 있는 집
> 남자들이 우물가에서 낮을 벼리고
> 여자들이 불을 때고 밥을 짓는 동안
> 살구나무 밑 평상엔 햇빛의 송사리떼
> 뒷간 똥통 속으로 감꽃이 툭툭 떨어졌다
> 바지랑대 높이 흰 빨래들 펄럭이고
> 담 밑에 채송화 맨드라미 함부로 자라
> 골목길 들어서면 쉽사리 허기가 찾아오는 집
> 젊은 삼촌들이 병풍처럼 둘러앉아 식사하는 집
> 지금부터 가면 백 년도 더 걸리는 집
> 내 걸음으로는 다시 못 가는,
> 갈 수 없는, 가고 싶은                ——「머나먼 옛집」 부분

뒤를 돌아보는 자는 이미 한없는 시간의 나이테를 몸 안에 품고 있는 법이다. 미래를 보는 자의 불확실함과 과거를 생각하는 사람의 너무나 많은 생각, 흔적들이 엇갈리는 지점에서 간혹 불꽃을 번뜩이는 지혜와 영감을 볼 수 있는

건 이 점에서 단순한 우연은 아니다. 불확실함과 뿌옇게 흐려져버린 기억들 사이에서 지금 시간은 깊은 절연을 보여주고 있는 것이다.

현재라는 시간은 불확실성과 뿌연 흔적들에 둘러싸인 철저한 고독의 공간이다. 너무나 깊이 상처 받은 존재들이 사는 지점, 그곳에서 사람들은 미래와 과거를 응시한다.

"붉은 부적이 문설주에 붙어 있는 집"은 이 점에서 무척이나 암시적이다. 기억이 함부로 접근할 수 없는 어떤 경계선인 것처럼, 그 문에는 '붉은 부적'이 붙어 있다. '땡볕'과 '붉은 부적'이 현재로부터 과거로 거슬러 올라가는 시적 자아에게 주어진 일종의 통과의례라면, 그 금기 너머에 존재하는 '옛집'에는 감히 범접하기 어려운 뭔가 신성한 의미가 깃들어 있을 수밖에 없다. 그곳은 죽은 자들의 집이고 또 사라져버린 것들이 마술처럼 생명력을 꽃피우는 공간이기도 하다. "남자들이 우물가에서 낫을 벼리고/여자들이 불을 때고 밥을 짓는 동안/살구나무 밑 평상엔 햇빛의 송사리떼/뒷간 똥통 속으로 감꽃이 툭툭 떨어졌다"에서 보듯이, 현재의 무기력과 권태를 초월하는 '신성함'이 깃들어 있는 공간인 '그 집'은 바로 비루한 현실의 '역상(逆像)'이라고 할 수 있다.

현실의 '비루함'에 대한 시인의 통렬한 자각은, 실제로 과거에 대한 그의 시선에서뿐만이 아니라 이 시집 전체에 일관되게 나타난다. '오래 전'에 대한 그의 인식은 이 점에서 철저한 '단절' 혹은 '고립'으로 정의할 수 있을 것이다.

정병근 시인의 첫 시집 『오래 전에 죽은 적이 있다』가 현재와 과거를 '죽음'이라는 절대성으로 갈라놓고 있듯이,

현재의 비루함과 과거의 기억은 시인에게는 하나의 통일된 '자아' 안에 담겨지기 어려운 서로 낯설고 이질적인 대상들이다. 이런 부조화와 불균형은 실제로 그의 시가 읽는 이로 하여금 묘한 불안감을 불러일으키는 원인이기도 하다.

> 평생을 기억하며 사는 인간만이 불행할 뿐,
> 기억이 짧은 염소는 그 짧은 기억의 힘으로
> 죽었으면 죽었지 미련 하나 남기지 않는다
> 오후의 설핏한 해가 힘센 허기를 몰고 온다
> ──「뒤안을 나오며」 부분

「뒤안을 나오며」라는 제목의 이 작품은 시인의 은밀한 속내 혹은 무의식을 드러내는 작품 중의 하나이다. '뒤안' 이란 무엇인가. 일상적인 것과 결부된 것이면서 또한 자신을 수식 없이 들여다봐야만 하는 가장 사적인 공간 중의 하나가 바로 '뒤안'이라는 점에서 뒤안은 비속과 진정성의 갈등이 언제나 잠재되어 있는 곳이다. 그리고 지금, 그 뒤안을 나오는 시인의 생각은 '미련'과 '허기'라는 단어에 초점이 맞추어져 있다.

몸 안의 것을 버리기 위해 들어갔으나 시원하기는커녕 '허기'와 '미련'을 느끼는 인간이란 얼마나 불행한 존재인가! 하물며 하찮은 몸 안의 것을 버리는 데도 이런 미련과 허기, 결핍을 느끼는데 비루하지만 온갖 어지러운 연민으로 가득찬 삶을 버리는 '죽음' 앞에서야 오죽할 것인가.

이 점에서 시인에게 미련으로 뭉쳐진, 맹목적인 욕망이 바로 현재를 살아가는 힘, 바로 힘센 허기라면, 과거는 그

허기가 만들어놓은 또 다른 거울이다. 과거에 대한 미화나 집착이 정병근 시인의 무의식을 지배하는 하나의 강한 욕망이라면 그 다른 한편에는 그런 과거로 시선을 돌리게 만드는 현실에 대한 강한 의심이나 거부가 또한 그의 시 안에 존재한다.

정병근 시인의 현실에 대한 비판은 이 점에서 무척 예리하면서도 강한 질투심을 그 근원에 감추고 있다.

> 거짓말이야,
> 하고 말해보지만
> 내 입은 이미 초록의 경전을 달달 외우고 있다
> 나는 초록의 密使가 되어 숲을 빠져나온다
> 여태 내 눈은, 붉음을 초록으로만 보는
> 지독한 색맹이었음을 알겠다
> 핏줄을 타고 한 몸 가득 번져오는
> 이 새빨간 초록           ——「붉은 숲」 부분

'거짓말'이라고 말하는 화자의 깨달음은 자신의 길들여진 관성에 대한 깨달음이기보다는 오히려 현실에 대한 강한 의심의 결과로 여겨진다. 실제로 "새빨간 초록"이라는 화자의 발화는 현실의 허구성에 대한 비판이 아니라 '주체'의 강한 독립성을 갈망하는 '허기'에 가득 찬 발언에 가깝게 들린다.

이 시에서 '거짓말'은 증명된 결과가 아니라 오히려 '부정하고 싶다'는 강한 열망을 표현한다. 그러니까, 초록은 여전히 숲의 색깔이고 그는 여전히 "초록의 密使"로 길들

여지고 있지만, 정작 그의 욕망은 이렇게 말하고 있는 것이다. "아니야, 거짓말이야"라고. 즉, 시인은 차라리 그의 붉은 피로 숲을 물들여버리고 싶다는 충동적인 열망을 드러내는 데 더 중점을 두고 있는 것이다. 이 점에서 세계의 힘이 너무 막강한 나머지 그는 결코 '초록의 언어'를 벗어나지는 못한다. 그러나 이렇듯 그 초록을 자신의 내부에서 솟아오르는 힘에 의해서 "새빨간 초록"으로 바꿔놓겠다는 일견 무모해 보이는 욕망이 바로 그의 글쓰기를 지탱하는 힘이라고 할 수 있다.

> 다 필요 없어
> 제발 버려줘 잊어줘
> 우리끼리 잘도 자랄 테니깐,　　　　　　——「여뀌들」 부분

　길들여지기를 거부하는 언어를 지향하는 그의 시 쓰기는 기본적으로 전복적인 속성을 가지고 있다. "눈 밖에" 나기를 의도적으로 바라면서도 한편으로는 '눈 밖으로' 자신을 밀어내는 힘의 법칙에 대해서 저주를 퍼붓는 그의 언어는 따라서 '초록'이 아니라 '붉음'에 해당된다. 내부의 열망으로 세계를 바꾸겠다는 '맞짱'이 한편으로는 현실 속에서 '우아함'보다는 '비속'을, 그리고 '뻔뻔함'과 '힘'을 지향하는 그의 언어를 구축하고 있는 것이다. 그리고 이런 결연함은 '죽음'을 전제로 한 것이라는 점에서 비장한 결기를 포함하고 있다. 시인은 이 비장한 결기가 자신의 내부에 도사리고 있는 불안과 분열증을 해결하는 한 방법이라고 믿고 있는 것이다.

눈 밖에서 더 잘 크는 놈들
모가지에 벌겋게 독 오른 놈들
목젖 가득 차오는 폐단을 주체할 수 없어
아무나 잡고 맞짱 뜨자는 놈들

모래밭에 떼거리로 서서
온몸을 긁고 있었다

무서워서 아들놈을 재촉하며 돌아오는데
야, 그냥 가냐. 그냥 가!
아스팔트 산책로에 들어설 때까지
등 뒤에서 감자를 먹였다

중랑천변 모래밭, 여뀌들                    ——「여뀌들」부분

　　그러나, 시인의 죽음과 불안 의식은 자신의 내면 의식을
지배하는 한쪽 면인 비속함과 의심, 부끄러움, 통속에 대
한 느닷없는 발견의 순간에도 어김없이 나타난다. 인용한
시에서처럼 여뀌와 같은 잡풀에 대한 시인의 두려움은 자
신의 현실적 자아의 한 단면을 그것들을 통해서 발견하는
과정에서 비롯된다. 아들과 돌아오는 길에 만난 '여뀌들'
은 현실 속에서 떼거리를 지어 통속을 만드는 삶의 원리와
독기 오른 근성들에 대한 두려움을 환기시킨다. 이런 두려
움은 정작 그 여뀌의 무리 속에 모두가 섞여 들어갈 수밖
에 없기 때문에 더욱 가중되는 것이다. 현실은 복수심을

키우거나 독기에 가득 차서 시비를 거는 일에 모든 사람들을 너무 익숙하게 만들기 때문이다.

이 점에서 시인의 불안은 일종의 '분열의 결과'로 여겨진다. 그의 첫 시집이 암시하는 것처럼 '죽음'이라는 절대성으로 갈라놓은 과거와 현재의 분열, 그리고 자신의 순수에 대한 갈망, 성찰적 자아와 분리된 현실적 자아의 비속함에 대한 두려움과 부끄러움이 주는 갈등이 그 구체적인 결과이다. 시인의 불안은 이 점에서 자신의 진정성이 인정받지 못한다는 사실에 대한 두려움의 산물이기도 하다.

실제로 다음과 같은 작품은 시인의 불안정한 자아가 '나'와 '그'로 분열됨으로써 자신의 진정성을 호소하는 작품이다. 즉, "~라고 말해진다"라는 수동형 표현은 세상의 평가에 대한 기본적인 불신과 결국 말해지지 못한 진실에 대한 항변을 담고 있는 것이다.

> 나는, 그가 어느 날 사망했다고 말해진다
> 생활고를 비관한 나머지 약을 먹었거나
> 아파트에서 몸을 던졌다고 말해진다
> 홧김에 불을 질러 몰사했는가 하면
> 넥타이로 목을 맸다고 말해진다
> 나는, 그가 미성년자와 은밀한 거래를 하다가
> 덜미를 잡혔다고 종종 몇 푼의 돈을 횡령했다고
> 말해진다 쯧쯧 혀를 차며 그의 불행을 문상하거나
> 면회하는 남이 되기에 손색이 없는 나는,
> 하필이면 그날 15층 베란다에서 떨어진 화분에
> 지나가던 그가 머리를 맞고 즉사했을 때

참 재수 옴 붙은 인생이라고 웃어진다
퇴근 길 플랫폼에 서 있던 그가 갑자기
달려오던 전동차에 몸을 던졌던 것은 가령
나는, 그가 자살했을 것으로 추측되어진다
도저한 남루로 거리를 싸돌아다니며
끊임없이 종말을 외쳐대는 그를
나는, 그가 필경은 정신이상자라고 수군대진다

——「나는, 그가」전문

'나'이기도 하고 '그'이기도 한 누군가는 결국 현실을 살아가는 모든 사람들이기도 하다. 이런 화법은 시인이 몸담고 있는 사회가 지독한 소통불능의 상황에 있음을 의미한다. 모두가 단지 "~라고 말해질" 뿐 진실은 어느 곳에서도 밝혀지지 않는다. 이런 현실에 대한 시인의 시선은 무척이나 징후적이다. 서로 소통이 차단되어 있을 뿐만 아니라 자신인 '나'를 포함해서 모두가 타인인 공간은 기본적으로 '의심'과 '의혹'이 지배하는 공간이다. 진실은 말해진 적이 없으므로 단지 '추측'될 뿐이고, 그렇게 가정된 진실은 어느덧 기정의 사실이 되어 현실 속을 떠다닌다.

이런 차단은 다시 원점으로 돌아가면 시인의 철저한 '단절 의식' 혹은 '고립 의식'의 근원이기도 하다. 의혹과 불신은 시인으로 하여금 언제나 비루함에 대한 연민과 경멸이라는 양면적 의식과 과거에 대한 향수를 불러오게 하는 원인이다.

연민, 경멸, 불안, 고립감, 향수 등이 뒤엉켜 오히려 '여뀌'와 같은 '복수심'이나 '아나키즘적인 반항의식'으로 나

타나는 것이다. 시인의 남성적이면서도 드라이한 화법은
이 점에서 무척이나 시사적이다.

> 유리창에 몸 베인 햇빛이
> 피 한 방울 없이 소파에 앉아 있다
> 고통은 바람인가 소리인가
> 숨을 끊고도, 저리 오래 버티다니
> 창문을 열어 바람을 들이자
> 햇빛은 비로소 신음을 뱉으며 출렁인다
> 고통은 칼날이 지나간 다음에 찾아오는 법
> 회는 칼날의 맛이 아니던가
> 깨끗하게 베인 과일의 단면은 칼날의 기술이다
> 피 한 방울 흘리지 않고 풍경의 살을 떠내는
> 저 유리의 기술,
> 머리를 처박으며 붕붕거리는 파리에게
> 유리는 불가해한 장막일 터,
> 훤히 보이는 저곳에 갈 수 없다니!
> 이쪽과 저쪽, 소리와 적막 그 사이에
> 통증 없는 유리의 칼날이 지나간다
> 문을 열지 않고도 안으로 들이는 단칼의 기술,
> 바람과 소리가 없다면 고통도 없을 것이다
>
> ──「유리의 技術」전문

  정병근 시인의 가장 뛰어난 작품 중 하나인 이 시는 시
인의 드라이한 화법과 절제가 만들어낸 절묘한 묘사가 강
점이라고 할 수 있다. 특히, 고통, 신음, 칼날의 절묘한 베

임이 엮어내는 이미지는 시인이 의도했던 '흔적이 없는' 고통의 실체를 가장 명징하게 드러낸다. 흔적이 없으니, 고통 또한 없으리라는 상상과 그 흔적의 실체인 '바람과 소리'의 의미에 대한 시인의 단상은 무척이나 예리하다.

"훤히 보이는 저곳에 갈 수 없다니!" 이런 한탄은 모든 존재에게 공통된 것이다. 바람도 소리도 고통도 없이 건너가는 것, 그 초월의 경지에 대한 경탄은 실제로 그의 시가 지향하는 장인 의식의 극치를 암시한다. 격렬한 반항 의식과 연민으로 끈적이는 시상을 표현하는 데 오히려 드라이하고 절제된 화법을 구사하는 시인의 글쓰기는 이 점에서 무척이나 자의식적인 것이다.

'이쪽과 저쪽,' 그 경계지점에 "유리의 칼날"이 존재한다. 결국, 유리의 안쪽이 바람, 소리, 고통, 흔적이 제거된 순수와 절대의 경지라면 그 바깥은 흔적과 온갖 불순물로 가득 찬 '풍경'의 세계이다. 이때 유리는 한편으로 시인의 눈을 상징하는 것이기도 하다. 모든 불순물을 제거한 채, 사물의 세계를 자신의 몸 안으로 들이는 유리야말로 시인이 지향하는 절대의 경지라고 할 수 있는 것이다. 이런 시인의 사고에서 우리는 현실의 여러 잡다한 불순물과 과잉된 감정으로부터 벗어나 어떤 시적 경지의 세계를 추출하고자 하는 시인의 집요한 응시를 읽을 수 있다. 결국, 연민, 반항, 단절, 고립 의식의 이면에는 유리의 놀라운 기술처럼 세계를 자신만의 세계로 오려내고 재단하고 싶은 시인의 시적 열망 혹은 집착이 존재하는 것이다.

이런 시인의 집요한 응시는 실제로 과거로 향한 그의 시선에도 그대로 나타나는데, 예를 들면 앞에서 소개한 시

「머나먼 옛집」과 같이 과거로 기억이 거슬러 올라가는 경우에도 그는 여러 잡다한 감정과 기억을 제거하고 시인이 궁극적으로 보고자 하는 "어떤 것"에 시선을 철저히 집중한다. 이런 특징은「폐도축장」「흔적」등의 작품에서도 쉽게 눈에 띈다.

시인이 바라본 현재의 풍경과 과거의 그것과의 대조는 이 시인의 현재에 대한 부정정신을 간접적으로 혹은 무의식적으로 드러내는 것이기도 하다. '유리'처럼 두 개의 공간을 놀랍도록 깔끔하게 절연시키는 '기술'은 두 개의 이질적인 공간에 대해서 '단절' 이외에는 어떠한 해결책도 가지고 있지 못한 시인에게는 놀라운 기술임에 분명하다. 두 개의 이질적인 공간으로 단절되어 있음에도 불구하고 과거의 아픔이나 고통, 신음을 놀랍도록 말끔하게 잘라내면서 동시에 재현하는 '유리의 연금술'은 다른 한편으로는 과거의 기억과 흔적을 다루는 시적 기술의 한 극치를 상징한다.

'고통'을 어느 순간 시적인 미학이나 매혹 혹은 아름다움으로 변화시키는 기술이야말로 모든 시인이 지향하는 '연금술'이 아닌가.

그런 점에서 「흔적」이라는 작품에 드러나는 시인의 의식은 그의 죽음 의식과 밀접한 연관성을 가진다.

육교 계단에 벌겋게 토해놓았다
출렁이던 고통이 割腹했다

코를 풀면서 치를 떨면서,
쏟아진 내장을 수습한 그가

어둠 속을 뚜벅뚜벅 걸어갔다

쥐도 새도 모르게 밤이 가고
한낮의 태양이 흑점을 키울 때,
들끓는 파리떼여
사방으로 튄 얼룩이여

먼지가 될 때까지,
밟히고 지워지면서
머리 처박은 주검 하나
오래오래 눈 안에 있다　　　　　　　　　　——「흔적」 전문

　　모든 몸 안에 깃든 고통은 근본적으로 죽음의 속성을 내
재하고 있다. 그것은 하나의 주검이 들끓는 파리와 부패로
자신을 증명하듯이, 고통 뒤에 남는 소멸의 과정을 반드시
거칠 수밖에 없는 것이다. "머리 처박은 주검"이 시간의 뒤
에 남겨진 모든 잔해를 대변해주듯이, 고통이나 주검은 결
국 먼지가 될 때까지 소멸의 과정을 "밟히고 지워지면서"
반복한다.
　　결국, 몸뚱어리 하나로 대변되는 존재의 물질성이란, 먼
지가 될 때까지 서서히 자신을 지우는 '죽음의 연습'인 셈
이다. 이 점에서 정병근 시인의 죽음에 대한 의식은 '잊혀
짐'이나 '지워짐'의 의미로 연결된다. 모든 죽음의 뒤에 남
겨진 것은 이런 식의 망각, 서서히 잊혀져가는 일이다. 그
리고, 그런 무의미함, 잊혀짐의 허무에 관한 단상이 삶에 대
해서 혹은 기억에 대해서 하나의 화두로 남겨지는 것이다.

「폐도축장」에서 그가 반복해서 말하는 "모른다"의 의미는 이 점에서 매우 복합적인 의미를 지닌다. 그것은 단순히 '흔적'을 보고 그 이면에 있었던 사실을 알지 못한다는 의미뿐만 아니라 그 흔적이 증언하는 '존재론적인 의미'에 관한 질문을 포함하는 것이기도 하다.

"무슨 일이 일어났는지" "무엇에 쓰였는지" 모른다고 말하지만, 그것은 단순히 폐도축장에서 일어난 사건을 모른다는 말은 아니다. 여기서 '모른다'는 말은 일종의 역설로써 사실은 '안다'는 의미를 포함하고 있어서 사실은 모두가 그곳에서 무슨 일이 일어났는지 '알고 있다'는 뜻이기도 하다. 다만, 이때 '모른다'는 '무관심하다' '쉽게 잊혀진다'는 의미를 강조하는 것으로써 하나의 '주검' 혹은 '죽음'에 대한 무관심과 '잊혀짐'이 지닌 비정성에 대한 강조이다. 알고 있지만 모른 척하는 것, 그것이 모든 기억과 흔적에 대한 사람들의 일반적인 태도이기 때문이다. 기억의 고통이란, 사실 그 흔적을, 기억을 모른 척할 수 없을 때 생겨나는 것이 아닌가.

그 안에서 무슨 일이 일어났는지
슬레이트 지붕 위를 지나가는 전깃줄과
머리털 빠진 향나무 세 그루만 보고는 모른다

마당 앞의 전신주와 전신주에 달린 보안등과
벽돌담에 머리 처박은 프로판 가스 통과
녹슨 쇠창살만 보고는 모른다

마당가의 비닐 뭉치는 무엇에 쓰였는지
불룩한 마대 자루들 속에는 무엇이 들어 있는지
추운 겨울바람은 모른다

슬레이트 지붕과 벽돌담만 보고는
핏발 선 눈과 눈이 딱 한 번 마주치던 찰나와
다부진 망치 소리와 나무 둥치 쓰러지는 소리와
부산하게 씻어내던 물소리를

핏빛 얼음장 밑을 흐르는
하수구는 모른다                           ──「폐도축장」 전문

「목포홍탁, 그 여자」「그의 가족」「명상 센터를 나오며」
등의 작품에서 시인의 시선이 집착하는 지점은 실제로 이
런 삶의 숨겨진 단면, 진실에 관한 것이다. 모두 무관심하
게 삶의 스쳐 지나감 혹은 일상의 무의미를 받아들이지만
시인에게는 그런 일상적인 것들 뒤에 남겨진 모든 흔적이
모두 연민과 동정의 대상이다.
  '무엇 때문에' 모두 저런 무의미한 삶의 흔적을 버둥거
리며 남겨놓는 것인지, 의심을 품을 때마다 그 뒤에 남겨
지는 것은 연민이나 끈적거리는 인연에 관한 감정들이다.
  결코 '유리의 냉정함'을 가질 수 없게 하는 그 끈적거리
는 감정들의 실체는 '가족애,' 그리고 온갖 인연으로 얽혀
진 '사연'들이다. 이 점에서 그는 결코, 유리의 '말끔한 기
술'을 가질 수 있는 시인은 아니라고 할 수 있다. 눈앞에 펼
쳐지는 숱한 풍경의 이면을, 그 사연을 생각하는 자에게

삶은 여전히 집착과 미련의 대상이기 때문이다.

차들이 가래침을 뱉으며 달리는 다리 밑,
속을 게워낸 소파와 신경통을 앓고 있는
의자들이 골똘하게 버려진 그곳에
그의 가족 자리 깔고 식사한다
밖으로 동그랗게 등을 모으고
무언가 저렇게 열심히 먹을 때,
그의 가족은 행복하거나 즐거워야 한다
부지런히 기어가는 다족류처럼
뿔뿔이 흩어지며 숨 가쁘게 살아온
그의 약력이 잠시 한숨을 돌리는 시간,
차 소리 때문에 잘 들리진 않지만
수탉처럼 큰소리로 떠드는 그의 얘기를
똘방똘방 과일을 깎는 그의 여자와
야생마처럼 버릇없는 그의 아이들은
행복이 가득한 얼굴로 들어야 한다
간혹 영역 밖을 힐끔거리며
경계를 늦추지 않는 그의 눈빛,
식사가 끝나고 할 말 없으면 심심하여라
그와 그의 가족은 일어서서 기지개를 켜다가
돌 몇 개 강물에 던져보다가
앉았던 자리를 탈탈 말아 쥐고 서둘러 돌아간다
썩은 강물과 차 소리를 뒤로하고
풍선처럼 부푼 그의 가족이 트림을 하며 집으로 간다
　　　　　　　　　　　　　──「그의 가족」 전문

「명상 센터를 나오며」에서 '형님'에 대한 화자의 태도가 "골목을 나오는 동안 가부좌를 튼 채 다시 명상에 잠긴 형님의 모습이 떠나지 않았다 긴 생각의 터널을 빠져나와 세속의 길로 막 접어드는 참이었다"라는 구절에 함축되어 있듯이, 인용한 시에서 화자의 대상에 대한 태도는 "무언가 저렇게 열심히 먹을 때,/그의 가족은 행복하거나 즐거워야 한다"라는 연민의 시선이 담긴 구절에서 잘 나타난다.

아무도 강요하지 않는 것 같지만 세상에는 쉽게 깰 수 없는 어떤 규칙이 존재한다. 그것은 서로가 서로의 관계를 의식하면서 생기는 '세속'의 법칙, 즉 '인연'이 만드는 느슨하지만 견고한 규칙이다.

시인이 주목하는 것은 이런 인연이 만드는, 다시 말하면 무관심할 수 없는 사연이 남겨놓은 흔적들이고 그것들은 언제나 강한 '연민'의 감정을 시인에게 환기시킨다. 세속과 명상, 탈속의 차이란 어쩌면 이런 연민에서 비롯되는 것일 수도 있기 때문이다. 이 점에서 그가 이상적으로 지향하는 절대성의 세계──유리의 기술과 명상이 존재하는 공간──와 그가 몸을 담고 있는 현실 세계──연민의 근원──는 본질적으로 조화되기 어려운 공간이다. 그리고, 이런 갈등과 불균형의 지점에 그의 시적 세계가 존재한다.

그의 미학적인 태도, 즉 시적 기술과 완성에 대한 장인 의식과 현실 의식 사이의 충돌이 빈번하게 발생하는 그의 시적 세계의 이런 현재 위치는, 그에게 새로운 미학적 돌파구를 찾게 만드는 원인이기도 하다. 그의 갈증은 다시 말하면, 시적 자의식의 두 가지 형태에 관련이 된다. 그 중 하나가 미학적인 자의식이라면, 다른 하나는 현실에 대한 거부감이나 불온성에 관한 것이다. 이 점에서 그의 시는 상당히 거칠면서도 그 거침을 미학적으로 정돈하기 위해 상당한 노력을 기울이고 있는 편이다. 이 두 가지 태도는 근본적으로 대립되는 것으로써 언제나 시인을 어떤 '궁지'로 몰아넣는 원인이 된다. 하지만, 이렇듯 쉽게 해결될 수 없는 두 가지 문제를 가지고 '씨름'하고 있기 때문에 그의 시에 생산적인 활력이 넘치는 것이다.

갈등과 모순 속에서 싸우지 못하는 자의식이 거짓이듯이, 그의 고민이 이렇듯 쉽게 화해될 수 없는 두 지점에 걸쳐 있다는 점에서 이런 간극은 역설적으로 그에게 진정성과 새로운 시적 활로를 제공하는 '근원적 지점'으로 여겨진다. ▨